AF348139

LE NOUVEL ANTI-LUCRÈCE.

ORATORIO PSALMIQUE,

OU

HYMNE A DIEU,

IMITÉE DU GRAND POÈTE RUSSE DERJAVINN,

Par PHILARMOS,

TRADUCTEUR DE PINDARE ET DE PERSE.

MENS AGITAT MOLEM. (*Virg.*)

A Jove principium. (HOR.)   Αρχὴν ἁπάντων καὶ τέλος ποίει Θεόν. (PIND.)

PARIS,

J.-M. EBERHART, IMPRIMEUR DU COLLÈGE ROYAL DE FRANCE.

RUE DU FOIN-SAINT-JACQUES, Nº 12.

1824.

AVERTISSEMENT.

Cet ouvrage est une sorte de pandiorama intellectuel, une suite de spéculations théosophiques; c'est, dis-je, une imitation libre d'une ode à Dieu, composée par un poëte russe très-estimé dans le Nord, et dont la réputation a pénétré non seulement en Allemagne, mais encore dans tout l'Orient. L'on a fait, jusques dans l'empire de la Chine, nombre de traductions de cette ode admirable; aussi, croyons-nous bien mériter de la littérature française et de tous les gens de bien, en publiant, dans notre langue, ce chef-d'œuvre de poésie, où l'on démontre : 1° l'existence de la cause première, 2°, ses attributs merveilleux, et 3°, l'harmonie sublime qu'elle a établie dans toutes les parties de l'univers.

La plus profonde cosmothéosophie se déploye dans les trois premières pages, en termes tantôt abstraits, tantôt figurés, et toujours poético-philosophiques; les trois pages suivantes sont entièrement iconologiques et pittoresques ; les deux dernières sont purement sentimentales. La marche de ce poëme est donc marquée par une belle ordonnance : l'on y entend le pur langage de la raison; celui de l'imagination et celui du sentiment; trois choses d'où résulte le plus parfait accord de l'esprit. Tout y est dialogué par des personnes sages. L'on peut encore regarder ce morceau comme une conférence harmoni-scénique, un concert spirituel entre tous les membres d'une famille respectable et patriarchale. Cette contemplation musicale a lieu dans un vaste oratoire, un beau jardin, une sorte de paradis terrestre, où l'on suppose cette famille rassemblée. (Dieu, la Nature et l'homme.)

Une crainte salutaire des grandeurs infinies de Dieu, l'admiration pour ses merveilles, et l'amour de sa loi, qui est toute harmonie, toute grâce, toute charité, sont les trois fruits que l'on recueille de cette lecture ; ce qui tend à préparer les hommes au grand œuvre de leur régénération, de leur entière perfection, laquelle est la vraie piété religieuse ; *initium sapientiæ timor Domini* : mais cette lecture doit être réfléchie et réitérée.

> Sunt certa piacula quæ te,
> Ter purè lecto poterunt recreare libello. (Horace.)

Les personnages ou interlocuteurs sont 1°, le bisaïeul, que nous avons indiqué par la lettre *B*, 2°, l'aïeul, par la lettre *A*, 3°, le père, par la lettre *P*, 4°, son épouse, par la lettre *E*, 5°, son fils, par la lettre *F*, 6°, la fille ou la jeune vierge, par la lettre *V*, et 7°, une tante religieuse par la lettre *R*. Les six derniers vers sont chantés en chœur.

ORATORIO PSALMIQUE,

OU

HYMNE A DIEU.

L'AÏEUL. O ! toi qui, répandu par l'espace infini,
Es le vivant Moteur [1] de l'abyme des êtres ;
Archétype incréé [2] du Cours indéfini
Des astres et des temps, pour l'homme si grands maîtres !
Esprit pur, homogène, [3] Ordre mystérieux,
Qui simple, indépendant, [4] libre de toutes formes,
Un, [5] sous leur triple essence, à ton gré les transformes !
    O [6] du vaste Empire des cieux,
Autocrate impassible, et [7] Triarque suprême,
Qui n'es entièrement connu que de toi-même,
Qui partiellement n'habites aucun lieu,
Mais seul les combles [8] tous : Cause unique et première,
Qui renfermes, nourris, meus la Nature entière,
Et que l'Univers nomme [9] et son Père et son Dieu...!
    Tu l'as voulu : dans tes déserts [10] sublimes,
L'informe [11] et noir Chaos dut précéder les temps.
Tu mandas ce grand spectre : en ses obscurs abymes,
Il entendit ta voix, il entrouvrit ses flancs ;
Et la Nature alors, s'élançant de leurs cimes,
    Commença d'être, [12] a depuis existé.

❊

Le bisaïeul. Mais la silencieuse [13] et sombre Éternité,
Puissance, au monde, aux temps antérieure,
Source vive, supérieure
Au rapide torrent de leur mobilité,
N'en a pas moins toujours été
Le centre et la base immobile
De ton essence [14] inversatile...!

❊

L'aïeul. O! de toi-même unique et [15] seul Auteur!
Premier Soleil, brillant de ta propre splendeur,
O! Lumière vivante, invisible, adorée,
D'où naquit tout-à-coup la lumière dorée
De ces innombrables soleils,
Qui vont sur la voûte azurée,
Couronnant ses lambris vermeils....

❊

Le père. Oui, tu les créas tous d'une seule parole;
Tu dis, et la lumière apparut! Elle vole
Sur les mondes jaillis à peine du Chaos.

❊

B. Telle s'en opéra l'Éduction formelle. .!

❊

P. Mais soudain, se plongeant au sein [16] des grandes eaux
De cette Création nouvelle,
Ta main la féconda,
Et lui prodigua
Cette vie [17] à-la-fois heureuse, universelle,

Qui fut et sera
Ton éternel partage ;
Si digne pour jamais du plus ardent hommage !

✻

A. Du  flux de l'Océan calculer les ressorts...
Sonder sa profondeur, peser son onde altière,
Nombrer de plus le sable de ses bords ;
Mesurer le rayon de  l'orbite solaire,
Est ce qu'ose un génie amant de la lumière.

✻

B. Mais, dans ta vaste immensité,
O ! puissant Dieu de la nature,
Ne s'aperçoivent plus ni calcul  limité...
Ni le moindre appareil de nombre et de mesure.
Non, l'esprit le plus éclairé,
S'il n'est pas de l'ordre incréé,
Ne peut sonder la profondeur immense
De ta magique et solitaire essence ;
Et s'il ose y prétendre, à peine est-il entré
Dans ce gouffre sacré,

✻

Qu'il recule d'effroi. . . . A. L'humaine intelligence
Se trouble, se confond,
Se perd, anéantie,
Dans cette mer sans fond,
De ton immensité redoutable, infinie...!

✻

B. Tel apparaît l'éclair d'un moment de la vie,

Qui , d'un vol précipité ;
S'engloutit dans la vaste et sombre éternité.

A. Tu rattaches [21] en toi la chaîne universelle
De tous les mondes tes enfants ;
Et cette harmonieuse échelle
Voit s'embellir par Toi ses degrés triomphants.
Modérateur [22] invincible et sublime,
Ton bras seul la soutient, ton souffle pur l'anime ;
Et, pour anéantir [23] les horreurs du néant,
En réunit la fin à son commencement.

B. Oui, du son de ta voix la Mort même ravie,
La Mort même [24] enfante la Vie...!

P. Mais, tel qu'un déluge de feux
Étincelant et radieux,
Qui se précipite et s'élance
Des sommets embrasés d'une forêt immense ;
Tels plus pressés, plus vifs et plus nombreux encor,
S'élancent de ton sein d'éclatants soleils d'or.. !
Et, comme aux régions [25] du rapide Borée,
Durant les jours sereins d'un rigoureux hiver,
L'on voit naître impalpable, étincelant en l'air,
Le sable cristallin de leur blanche gelée,
Plus éclatante mille fois,
Que les diadêmes des rois,
Ou la parure printanière
Des coteaux et des champs, des vallons et des bois...
Oui, cette nivéale et brillante poussière

(7)

Y roule en tourbillons, vole en groupes de fleurs;
Émaillés, rayonnants des plus vives couleurs!

❀

B. Telle et plus riche encor, dans l'Olympe sans voiles,
Pompeuse, resplendit la foule des étoiles,
   Sous tes pieds immortels...!

❀

  A. Ces millions de flambeaux solemnels,
Allumés sur le front des voûtes éthérées,
   Éclairant à l'envi
    Les superbes contrées
  De l'incomparable infini,
  Dociles à tes lois sacrées,
  Vont au sein de l'immensité,
Y versant des torrents de lumière et de vie,
Exécuter, jaloux d'une auguste harmonie,
  Ton adorable volonté.

❀

  P. Mais ces Lampes ardentes,
Ces énormes rochers de mobiles cristaux,
Miroirs ²⁶ purs, réflecteurs de tes flammes vivantes,
  Et, pareils aux radieux flots,
   Aux vagues scintillantes
   D'un océan d'or bouillant
   Dont ²⁷ un ciel foudroyant
   Embraserait les ondes,
  Ces beaux globes étincelants
De l'éclat varié de mille diamants,
Que sont-ils devant toi, Seigneur, qui les féconde?
Eux qu'on dirait les Dieux de ta céleste Cour:

❀

 B. Ils sont ce qu'est la nuit, auprès des feux du jour

Telle une goutte d'eau dans l'Océan immense ,
Tels sont tous devant toi, ces mondes glorieux.

❀

P. Quel est donc l'univers qu'ici j'ai sous les yeux?
Et moi, que suis-je en ta haute présence?

❀

B. Je n'ose l'avouer aux mortels [28] soucieux.
Ah! dans l'océan [29] pur, éthéré, sans rivages,
Et si fécond en célèbres naufrages,
Quand je centuplerais des milliards de soleils,
Les remultipliant par mille autres pareils,
Eh bien, ce vaste amas de soleils et de mondes,
Si je l'ose opposer à tes grandeurs [30] profondes,
A peine est-il un point, un point aérien.

❀

A. Et devant le Grand Tout, que suis-je donc moi? P. Rien.

❀

B. Non, tu n'es rien, s'écrie un philosophe, un sage ;

❀

A. Rien! mais Dieu brille en moi par ses nombreux bienfaits!
Dans nous il empreint son image,
Comme un soleil levant aime à peindre ses traits,
Dans les perles de la rosée...

❀

P. Non, rien, et n'en crois pas ta raison abusée.

❀

A. Rien! mais je sens la vie, et plane au haut des cieux,
Sur les ailes de la pensée,
Plus ardent et plus prompt que l'aigle audacieux,
Affamé de sa proie.
De hauteurs en hauteurs, revolant avec joie,
Aux nobles régions du divin sentiment,

Tout mon esprit, d'une voix pure,
Me témoigne et m'assure,
Enfin toute mon ame sent
Que je suis; donc un Dieu puissant,
L'Être des êtres fut, est et sera lui-même,
De toute éternité, le seul vrai Dieu suprême.

L'ÉPOUSE. Oui, certe, il est seul l'Eternel!
Il L'est seul, et j'en jure,
Par les sublimes lois [51] de l'immense Nature
Qui m'en fait, chaque jour, un serment solemnel!

LA RELIGIEUSE. L'Impie en vain ose protester contre;
Mon Dieu parle à mon cœur, et, prompte à l'exalter,
Ma conscience pure, en tout me le démontre...
Il Est, et l'on n'en peut douter.

LE FILS. Je suis donc aussi quelque chose,
Mais, frêle portion de ce vaste univers,
Admirateur ravi de tant d'êtres divers
Dont la nature se compose;
Oui, j'occupe ici bas l'honorable milieu,
Où de son puissant doigt, cet invisible Dieu
A terminé l'admirable série
Des corps mixtes, doués du souffle de la vie,
Et commencé de là, cet ordre aérien
De Dieux, de purs esprits, du ciel souverains maîtres!
C'est moi qui, dans ce point, forme l'anneau moyen
De la chaîne immense des êtres!
Oui, je suis le lien de cette infinité,

Mais , le dernier terme créé
Des formes intellectuelles ,
Le centre des grandeurs mortelles ;
Le premier trait de la Divinité.
Si mon corps, faible atome, est rampant sur la terre ;
Mon esprit commande au tonnerre ;
Et je suis à-la-fois , j'en dois faire l'aveu ,
Esclave, roi, fou , sage , homme, vermisseau, Dieu...!

❈

P. Être en tout composé de si frappants contrastes ,
Et rempli de projets si caducs et si vastes ,
O ciel ! d'où suis-je donc venu ?

❈

B. Ah ! ce point important n'est que trop [51] méconnu.

❈

La Vierge. Ne pouvant donc exister par moi-même,
Je suis ta créature, ô ! Créateur suprême!
Tu l'ordonnas en tes sages desseins ;
Et bientôt je sortis, chef-d'œuvre de tes mains ,
Du sein de ton amour, ô ! source de la vie !
O mon auguste bienfaiteur ,
Qu'en tout lieu ta grandeur
En soit par moi bénie !

❈

R. O ! ame de mon ame ! O ! Roi consolateur
De mon existence éphémère !
Dans tes plans, il fut donc utile, nécessaire,
Que mon esprit, de toi pure émanation,
Franchît l'abyme impur de la corruption ;
Que ce germe des Cieux, harmonique étincelle,

Y vint se revêtir d'une argile mortelle,
    Et qu'à travers les ombres de la mort,
Mon esprit retournât, et plus ferme et plus fort,
      Sur l'aile brillante et légère
        De la Divinité,
Aux sources de la vie où je retrouve un père,
      Dans la sublime sphère
      D'une heureuse immortalité..!

A. O! infaillible Dieu que l'univers réclame,
Et dont l'homme éphémère eut besoin de tout temps,
      Toutes les forces de mon ame,
      Oui, sont trop faibles, je le sens,
      Pour peindre seulement ton ombre :
      Ah! lorsque tes frêles enfants,
Sur ce globe fangeux, si brillant [33] et si sombre,
    S'empresseront d'honorer tes autels,
Qu'ils se souviennent tous, ces fragiles mortels,
Qu'on ne peut dignement y célébrer ta gloire,
      Et pratiquer ta sainte Loi,
Qu'en remportant d'abord complètement sur soi
      Une insigne et [34] triple victoire ;
Qu'en s'efforçant ainsi de monter jusqu'à toi...!

En Chœur.

Qu'en plongeant son génie aux voûtes éthérées,
Où brillent de tes mains les merveilles sacrées ;
Qu'en adorant l'auteur de ces divins flambeaux,
Si prodigue de biens et de magnificence ;
En un mot, qu'en versant, à ces aspects si beaux,
Des pleurs d'amour, de joie et de reconnaissance...!

NOTES.

(1) L'observation, le raisonnement et la conscience, ou si l'on veut un sentiment exquis, dégagé de tout préjugé quelconque, nous démontre qu'il existe un principe d'énergie universelle, répandu dans toute la Nature.

(2) *L'Abyme des êtres* est ici pour l'infinité, l'océan, la chaîne immense des êtres.

Les astres sont les grands maîtres de l'homme; *cœli enarrant gloriam Dei.* Les temps le sont aussi; car ils lui découvrent la vérité.

(3) *Ordre mystérieux;* c'est un principe de théophilosophie : *Deus est ordo.* L'attribut de mystérieux est fondé sur le *Deus absconditus.*

(4) *Libre de toutes formes.* L'on entend ici par formes, les grandes formules, ou si l'on veut, les systêmes de Mondes, de Firmaments divers, qu'il est bien permis à la souveraine Intelligence de choisir à son gré. Le mot forme est donc pris ici dans l'acception la plus étendue.

(5) Les trois formes ou systêmes principaux des Mondes sont, 1°, celle du monde physique; 2°, celle du monde moral; 3°, celle du monde intellectuel.

La triple essence de ces trois formes ou mondes se compose, 1°, de l'infiniment grand, qui est le type du monde physique; 2°, de la force infinie, qui est le principe du monde moral ; 3°, de la souveraine sagesse, qui est le type du monde intellectuel. Voilà les trois attributs qui servent pour ainsi dire de manteau à l'unité primordiale et génératrice de toutes choses, laquelle est Dieu. Il est donc Un, sous la triple essence des formes ou des mondes qu'il peut changer et transformer à son gré; rien n'étant immuable, excepté Lui.

(6) En considérant Dieu comme un Autocrate impassible, un administrateur universel, on suppose ici que l'Éternel, principe de toutes choses, a confié la conduite des Cieux et des Firmaments divers, à des génies, à des dieux d'un ordre supérieur, telles que les Séraphins, les Archanges, dont il est bien entendu le souverain maître, et qui n'agissent que d'après ses ordres.

(7) *Triarque suprême,* régnant sur les trois mondes (le physique, le

moral et l'intellectuel) sous le triple rapport de ses grands attributs; il a bien fallu inventer un mot philosophique pour représenter la triple souveraineté de Jéhovah, ou si l'on veut, son adorable Trinité.

(8) *Mais seul les combles tous.* L'omniprésence de Dieu est, comme Pascal le dit de l'Univers, une sphère infinie, dont le centre est partout, et la circonférence nulle part.

(9) *Et son père et son Dieu.* Si Dieu déploie une puissance extraordinaire dans toute la création, il n'y démontre pas moins de bonté, par la profusion des biens dont il enrichit spécialement notre globe. Malheur à ceux qui ne font pas un bon usage de ses bienfaits.

(10) *Dans les déserts sublimes.* Avant la création, Dieu seul existait dans l'immensité de ses splendeurs, où nul autre être n'habitait que lui. Ces splendeurs étaient donc des déserts sublimes.

(11) Le Chaos est un état de confusion, qui a existé avant l'ordre actuel des choses. Il fut nécessaire pour que toutes les créatures participassent à la nature les unes des autres ; d'où se conclut la loi des affinités.

(12) *Commença d'être.* En sortant du Chaos, la Nature a paru dans ses premiers Linéaments, telle que nous voyons par exemple, la région des nébuleuses. Voyez la théorie de ces dernières par Herschell.

(13) *Mais la silencieuse et sombre Éternité.* Son infinité nous épouvante ; mais elle ne répond pas lorsqu'on l'interroge sur sa durée.

(14) *Inversatile.* Terme inventé à l'instar de l'*invaincu* de Corneille. Horace nous donne la permission d'en former de nouveaux, pourvu qu'ils soient bien dérivés de leurs primitifs, tels que les ruisseaux de leurs sources. Ce mot signifie évidemment, qui n'est sujet à aucune versatilité, à aucun changement, à aucune inconstance.

(15) *O! de toi même unique et seul Auteur!* Fondé sur le principe de l'Aséité, ou de l'existence par soi-même.

(16) *Les grandes eaux de cette création*, sont les atmosphères dans lesquels nagent les mondes, ou si l'on veut, les divers fluides répandus dans l'espace infini.

(17) *Cette vie,* etc. Est la loi, le souffle d'harmonie universelle, d'où dépend le bonheur de tous les mondes.

(18) *Du flux de l'Océan,* etc. Les ressorts de ce flux et reflux, sont les lois de l'attraction qui régissent le monde matériel.

(19) Par le rayon de l'Orbite solaire, l'on entend la distance qui existe

entre notre Soleil et celui autour duquel le nôtre gravite avec tout son cortège. Ce rayon est bien autrement grand que celui de l'Orbite terrestre, qui, comme chacun le sait, est la distance de la terre au soleil.

(20) *Le calcul limité.* Ce mot limité fait allusion au calcul des limites de d'Alembert. Le grand appareil du calcul des limites ou des infinis, lesquels ne sont que des infinis relatifs, disparaît tout énorme, tout infinitaire qu'il est, devant l'infini absolu dont il est question.

(21) *Tu rattaches en toi la chaîne universelle.* Cette expression fait assez entendre que l'on considère cette chaîne comme une immense hélice, une spirale infinie. Dans un autre ouvrage, l'on exposera les principes mathématiques du système de la philosophie hélicienne, d'où l'on dérivera tous les grands phénomènes de la Nature. Ici le temps presse.

(22) *Modérateur invincible.* La force première et génératrice de toutes choses peut facilement contrebalancer les forces expansives et contractives secondaires, ou en d'autres termes, centrivoles et centrifuges, tangentielles et centrales, projectiles et rétractiles, d'où découle la force polydiagonale ou de circonvolution autour des centres respectifs.

(23) *Et pour anéantir les horreurs du Néant.* L'existence est dans tous les points de l'espace. Cela est évident.

(24) *La mort même enfante la vie.* Principe de palingénésie ou résurrection universelle; rien ne meurt, tout se transforme.

(25) Vers le $70°$. de latitude nord, cette poussière nivéale des blanches gelées devenue cristalline par l'intensité du froid, produit dans ces contrées les phénomènes les plus admirables. Lorsque balancée dans l'air par les vents, elle est encore pénétrée des rayons d'un soleil pur, on se croirait tantôt sous un vaste dais de diamans, tantôt sous les plus belles guirlandes de fleurs; et si tout n'y était glacial, l'on se croirait, dis-je, dans un pays enchanté.

(26) *Miroirs réflecteurs.* Les soleils et les mondes ne sont que des miroirs magiques et réciproquement réflecteurs des torrents de vie que leur lance le premier de tous les soleils intellectuels, qui est Dieu; d'où l'on peut inférer que tous les mondes, que tous les soleils sont habités y compris le nôtre, tout ardent, tout éblouissant qu'il paraît à nos yeux.

(27) Lorsque la mer est embrasée par le feu des éclairs, elle est tout étincelante; combien ne le serait - elle pas davantage si elle était

d'or , sous un ciel en feu! Quels reflets de lumière, quelle diversité de couleurs ; on le sent, on ne peut l'exprimer.

(28) *Aux mortels soucieux*. Les hommes sont naturellement inquiets sur leur sort futur, *mortalibus œgris. Virgil.*

(29) *L'Océan pur, éthéré*, c'est le ciel ; combien de systêmes philosophiques, combien de mondes , de comètes, n'y ont-ils pas fait et n'y feront-ils pas encore naufrage ? Mer terrible pour les corps et pour les esprits.

(30) *Tes grandeurs profondes. O altitudo!* O immense profondeur des trésors de Dieu ! Que de grands souvenirs ne reveillent-ils pas?

(31) *Par les sublimes lois de la Nature.* Imité du fameux Serment de Démostènes aux Athéniens, les témoins pris à serment sont ici les grands phénomènes de la Nature ; le Soleil, les astres , etc.

(32) La première cause est malheureusement trop méconnue par l'effet des passions turbulentes.

(33) *Si brillant et si sombre.* 1°. Par le jour et la nuit qui se succèdent. 2°. Par la science et l'ignorance , la lumière et les ténèbres physiques et morales.

(34) *Triple victoire.* 1°. Sur les préjugés de l'esprit quels qu'ils soient ; 2°. sur la turbulence des passions du cœur, et 3°. sur les écarts d'une sensibilité romanesque et mal réglée.

OBSERVATIONS.

En considérant de près cet ouvrage , l'on voit qu'il est de la plus haute importance : il ne tend à rien moins qu'à détruire l'Athéisme ingrat et désespérant , à fortifier les faibles, et à recréer les esprits de tous , par le spectacle des grands phénomènes de la Nature.

L'esprit de l'anti-Lucrèce est un nouveau Thésée au labyrinthe systématique du chantre de l'Athéisme. C'est là, qu'armé d'une triple foudre, et que sans cesse guidé par le fil d'Ariadne (la raison) , le génie Anti-Lucrécien combat et subjugue le redoutable minotaure de l'impiété, qui entraîne une foule d'esclaves de leurs passions dans un noir abyme de soucis , de malheurs et de désespoir.

O ! animæ in terras curvæ, et cœlestium inanes ! (Perse.)

O ! ames courbées vers la terre et vides de clartés célestes!

Pour lire cet ouvrage avec fruit, il est bon de se rappeler qu'il est fondé sur le sentiment, l'observation et le raisonnement.

C'est un immense regard de l'esprit jeté sur tous les mondes, passés

présens et futurs; il le fallait ainsi : car une pensée n'est vraiment grande,
qu'autant qu'elle atteint à la fois le zénith et le nadir de l'intelligence ;
la description du chêne dans Virgile en fait foi, et mille autres exemples.
Il fallait à l'esprit Anti-Lucrécien une marche audacieuse ; les Athées l'a-
doptent bien. Assise dans le char des muses, et non moins rapide que
l'éclair, ici l'ame s'élève de la sphère sensible, à la sphère morale ; et
de là, monte au plus haut des Cieux, pour y contempler le premier des
êtres au milieu de toute sa gloire. L'on y aperçoit l'Éternel, souverain
maître du monde, sous le rapport de sa triple infinité. Il a bien fallu
peindre à grands traits et d'une touche large et haute ; un faisceau de
rayons solaires, devait ici nous servir de pinceau. Il a fallu, dis-je, voler
de généralités en généralités, pour arriver à la seule, qui les com-
prend toutes ; de là cette teinte sombre de vague sublime, inhérente au
sujet. Toutes les immensités de la Nature sont des infinis relatifs. L'É-
ternel est le seul infini absolu.

Ceux qui prétendent que tout doit être clair dans un tel sujet, ne se
souviennent pas du *Deus absconditus;* et du reste, connaissent peu les
grands effets des ombres, de la lumière et du clair obscur ; *ut pictura
poesis.* (Horace.) La poésie est comme la peinture ; la Nature elle-
même nous montre ce grand art. Après une belle nuit, un beau jour,
entre ces deux extrêmes, les crépuscules du soir et du matin : je l'ai déjà
dit autre part, tout marche par trois ; les extrêmes ou les contrastes,
les consonnances et les dissonnances, avec leurs intermédiaires ;
l'harmonie universelle nous démontre incessamment ce grand ca-
ractère; les pseudo-philosophes qui le nieraient, n'entendraient rien
à la nature des choses. L'on peut donc ici comparer les trois premières
pages, dont le style est abstrait et par conséquent sombre, bien qu'il
soit, de temps à autre, semé de principes lumineux et frappants de vérité,
on peut, dis-je, comparer ces trois premières pages du poème, à une
belle nuit émaillée des plus belles étoiles : les deux pages suivantes, au
grand jour, à cause des brillantes images que l'on y trouve en grand nombre; et enfin, les trois dernières pages, au ciel historié d'une belle soi-
rée, lorsque le Soleil se couchant au milieu de la pourpre, de l'or et de
l'azur, peint à nos yeux dans un horizon parsemé de légers nuages, les
desseins les plus pittoresques, les formes les plus harmonieuses, les
plus délectables.